ሓይሊ ናይቲ ካባ
THE POWER OF CABA

ብ ቢለን

ሓደ እዋን ኣብ ሓንቲ ንእሽቶ ዓዲ ዝቕመጡ ስድራ ቤት ነበሩ።
ኣቶ ዳንኤል፣ ወይዘሮ ሮዛ፣ ደቆም ከኣ ማቲን ቤቲን ይብሃሉ ነበሩ።

Once upon time there was a family that lived in a small town.
Mr. Daniel, Mrs. Rosa and their children Matty and Betty.

ሎሚ ንግሆ ማቲን ቤቲን ኣዝዮም ተሓጊሶም እዮም ተንሲኦም።
ኣዲኦም ወይዘሮ ሮዛ ክንዛወር ናብ እንዳ ኣባሓጎኹም ክንከይድ ኢና ኢላ መብጽዓ ኣትያትሎም ቀንያ ነይራ።

Matty and Betty woke up very excited this beautiful morning.
Mrs. Rosa had promised them that they will go visit their grandparents.

ማቲን ቤቲን እንዳጎየዩ ናብ ኣዲኦም ከዱ።
ማቲ “ማማ ሎሚ ክንዛወር ክንከይድ ዲና?” ኢሉ ሓተተ።

ወይዘሮ ሮዛ “እወ እዞም ደቀይ ሎሚ ኣውድኣመት ስለ ዝኾነ እንዳ ኣባሓጎኹም ክንከይድ ኢና ተሓጻጺብኩም ተዳለዉ እሞ፤ እቲ ናይ ባህላዊ ክዳን ተኸደንዎ” በለቶም።

Matty and Betty went running to their mom.
Matty asked “Mom are we going to visit grandpa and grandma today?’
“Yes, today is a holiday and we are going to go visit your grandparents. Go wash up, get ready and wear your traditional clothes.” said Mrs.Rosa.

ማቲን ቤቲን ድማ ስኖም ተሓጸቡ፡ ገጾም
ተሓጸቡ፡ ጸጉሮም ውን ዘርገፉ። ሽዑ ነቲ ኣዝዩ
ደስ ዘብል ባህላዊ ክዳውንቶም ተኸዲኖም
ተዳለዉ።

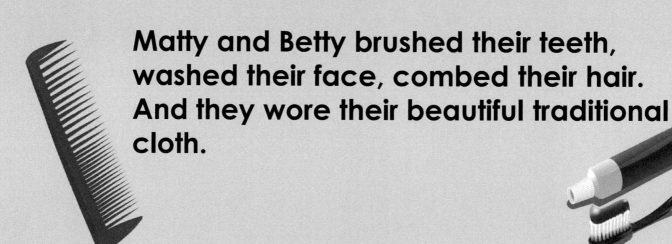

Matty and Betty brushed their teeth,
washed their face, combed their hair.
And they wore their beautiful traditional
cloth.

Shampoo
BABY
SHAMPOO

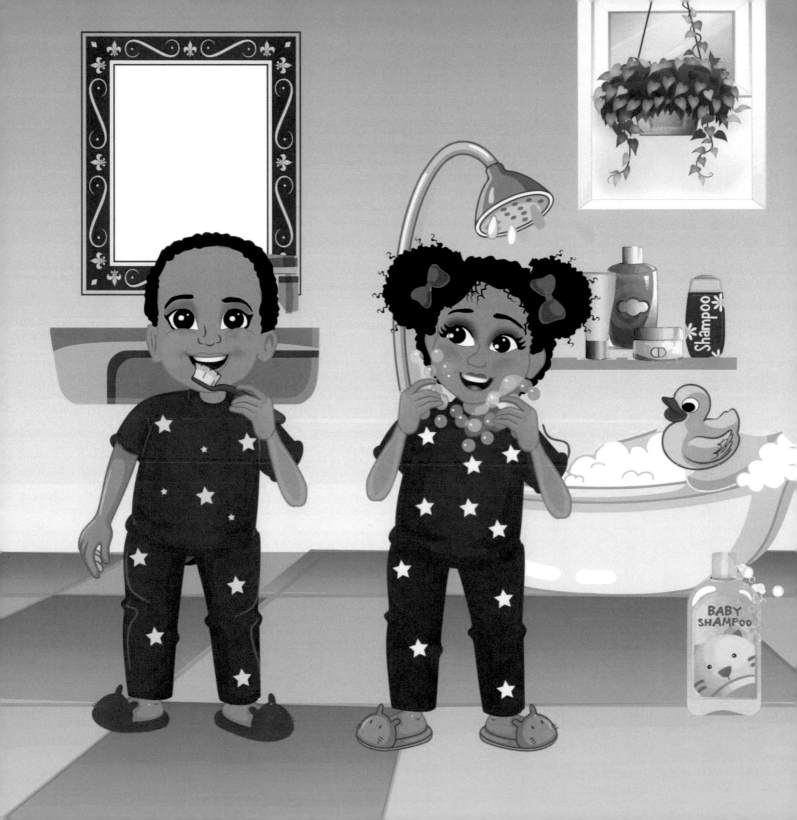

ማቲን ቤቲን ድምጺ ሰሚዖም ናብ ናይ ወለዶም ክፍሊ ከዱ።
ኣቶ ዳንኤልን ወይዘሮ ሮዛን ነዊሕ ወርቃዊ እድያት ዘለዎ ካባ ጌሮም ረኣይዎም።

Matty and Betty heard sound coming from their parents room and went to see what the sound was.
And they saw Mr. Daniel and Mrs. Rosa wearing a long black coat with a gold embroidery all around it.

ማቲን ቤቲን ብዙሕ ሕቶታት ነይርዎም
"ባባ ማማ ልዕለ ጀጋኑ ዲኹም?"
"ባባ ከም ስፓይደርማን ክትነጥር ትኽእልዶ?"
"ማማ'ኸ ከም ሱፐርውማን ሓያል ዲኺ?

Matty and Betty had so many questions.
"Dad, Mom, are you superheroes?"
"Dad can you jump like Spiderman?"
"Mom are you strong like Superwoman?"

"ዝያዳ ኩሎም እምበር" በለት ማማ
"ካባ ሓይሊ ጥበብ ኣለዎ" ወሰኸ ባባ።
ቤቲ ድማ "ጥበብ እንታይ እዩ?" ኢላ ሓተተት።
"ጥበብ ማለት ንዘይምርድዳእ ብጎነጽ ዘይኮነ ብልዙብ
ምዝርራብን ብፍልጠትን ዝፈትሕ ሓይሊ እዩ።" መለሰት
ማማ።

"Even better" answered Mrs. Rosa.
Dad added "Caba has the power of wisdom"
"But what is wisdom?" asked Betty.
"Wisdom solves disagreements with knowledge
and compassionate conversation instead of
bullying."

ማቲ ካአ “ኣነ ጥበበኛ ልዕለ ጅግና ክኸውን እየ ዝደሊ” በለ።
ቤቲ ውን “ኣነውን ጥበበኛ ልዕለ ጅግና እየ ክኸውን ዝደሊ” በለት።

“ጥበበኛታት ክትኮኑ ብዙህ ከተንብቡ ኣለኩም”በሎም ኣቶ ዳንኤል።
“ህያብ ኣምጺኤልኩም ኣለኹ ረኣየዎ” በሎም።

“I want to be a very wise superhero!” said Matty.
“I want to be a wise superhero too!” added Betty.

“You must read a whole lot to be wise.” said Mr. Daniel
“Look, I got you gifts!” he added

ተሃንጥዮም ነቲ ህያብ ከፈትዎ።
“ካባ” “ካባ” እናበሉ ከኣ ነጠሩ።
ንኣቦኦም ኣመስጊኖም ድማ ነቲ ሓደሽ ካባ ለበስዎ።

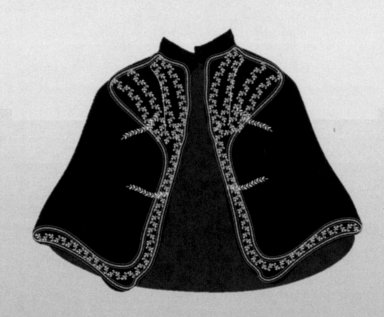

They opened the gift boxes full of excitement.
“Caba” “Caba” they jumped with joy.
They thanked their dad and put on their new coats!

ኣቶ ዳንኤል ድማ “እዞም ደቀይ ኣዚኹም
ማዕረግኩም።”በሎም።
ማቲን ቤቲን ድማ ንዓባዮምን ንኣባሓጎኦምን ከርእይዎም
ኣዝዮም ተሃንጠዩ።

“My kids, you both look very regal” said Mr.
Daniel.
Matty and Betty were very excited to show
grandma and grandpa their new Cabas.

ተሓጒሶም ድማ ናብ እንዳኣባሓጎኦም ተበገሱ።

And they all left home happy to see their grandparents.

For the loves of my life
H.D, M.D and A.D

Made in the USA
Las Vegas, NV
22 March 2021

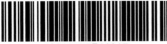